歌集

命の部首

久永草太

本阿弥書店

目次

装幀 花山周子

歌集　命の部首

久永草太

I

美しい火事

美しい火事だと思う雨の日の赤紫蘇畑にまなこつむれば

梅雨明けが来たか訊かれて知らなくて夏が小説なら一行目

図書室のここは海底ごくたまに原色ウミウシ図鑑が動く

夏だから暑くってさ、の「夏だから」ほどの理由で会いに来ました

他人の恋見つつ正午の食堂でオクラサラダをねばつかせおり

あーあって顔のあなたの箸先が巣ごもり卵の眠りを破る

くっついた氷ふたつが分れゆき君の麦茶に恋また終わる

もう過ぎたことと言いつつ君の目にまだ濡れている赤紫蘇畑

呼び捨てにされてあなたをはたと見るここか私の分水嶺は

白鼠

我が胸に小さき太鼓の鳴る機序を心電図という頁《ページ》で習う

心臓の模式図として黒板に教授が描くハートうつくし

格言のようにつぶやけり教授は「無論ネコにも犬歯はあるぞ」

つむじ風ほどけたらもう春ですね　はじめて白衣を羽織るひらめき

白鼠おまえの白さを雪というおまえの知らぬもので喩える

僕の手がラットを摑む瞬間にキング・コングを登場させよ

ネズミにも僕にとっても初めての皮下注射ってこの辺でいい？

「もどってこーい」まるで子どもを呼ぶように死戦期呼吸のラットの蘇生

皮膚という袋縫う午後　漏れそうな命はきっと水みたいなもの

生かすためときには殺すために打つ麻酔の針のながながし夜

手を絞り指揮者が音を消すようにラットの胸の太鼓を止める

子となって命となったかもしれぬ摘出卵巣内のつぶつぶ

生命の等価交換　献血の後に卵を十個もらいぬ

たけのこのあく抜くがごとぶくぶくと湯船に溶けてしまえ溜め息

わたくしを構成するよ今朝食べたバナナも昨日ぶつけたアザも

梅酒作ろう

電池切れ間際の時計の秒針が七のあたりでうたた寝をする

塩辛き一日だった水撒けば今この虹の作者はわたし

遠浅の海へ向って投げる貝　言葉にしたって伝わるもんか

ガラス瓶ひとつ落として床の上散らかる星座に触れてはならぬ

病名のつかぬ程度に曲がりいて我が脊柱はかなしき木立ち

米炊けば米の匂いす魚炊けばまして腹減るいいな炊事は

悪役にされちまったなあちこ鯛の目玉ほじれば洞穴のあく

そりゃそうさ口が命の部首だから食べてゆく他ないんだ今日も

待つことのできる僕らがなせる業《わざ》　梅酒作ろう秋ごろ飲もう

カンニングのごと隣家を見て決める明るく曇る今日の部屋干し

体温計挿したき尻を見せくれる狛犬二頭の間を過ぎる

銀色のナット落ちいてこの街のどこかで困っているドラえもん

やじろべえみたいな笑みと両の手の梅一キロと梅一キロと

水たまりちょんちょん越えてこの道は人をときどき雀に化かす

この春に吸い上げたものでできている梅の産毛の先の先まで

まだ途中だと言いながら描いていて泳いでみたしその人の海

梅の実を百十九個拭きあげるひとつひとつが未来を孕《はら》む

鯉のごとき大きな口へ焼酎を注いで梅酒瓶のかなしさ

手の甲に青ペンの染み忘れたくなかったなにかの瘢痕《はんこん》として

人という字の支え合い思いつつ背中に湿布貼られておりぬ

尻尾

午後の「午」と「牛」の違いの瑣末《さまつ》さよ午後は千頭ワクチンを打つ

必殺技牛糞テールによろめいているのは覚悟　ワクチンを打つ

ゴンゴンとウシのおしりをノックする注射の前の鈍痛は愛

注射針刺せば跳ぶウシ沈むウシみんなおしりに痛覚を持つ

保定する腕の発汗大いなるウシ大人しく注射を終える

風薫る五月五日の搾乳場いまここにいるウシはみな母

ロータリーパーラーじつはＵＦＯが牛乳を補給しているらしい

母牛の乳より生《あ》れてその美《は》しく白きを母乳と呼ぶひとのなく

おがくずに寝る幸せを許されたブラウンスイスの赤子の初日

パンダ似のホルスタインが自らの顔を見ずして終える一生

暴れウシ柵を飛び越え逃げ出せば突如スペインと化す牧場

牧場を好み住みかとなすネコの尻尾が僕を指した気がした

地の底の熱が私を経由してお空へかえる温泉上がり

さようなら僕の表面　日に焼けた皮膚ペリペリと決別しゆく

尻尾なる解せないものを失いてそしてときどき欲するおしり

台風が来る

戸袋は終のすみかとなり得ざり雨戸を出せばヤモリ去る午後

ヤモリとは家守だという長居してくれろ今晩台風が来る

出生をたどれば南の海の水浴びて騒ぐよ木立も子らも

台風にもまれて歩く人の顔　風のかたちの型を取るごと

こんな日も呑む人はいてアルバイトいつも通りの時給で終える

イヤホンの長さぶんだけ遅延して椎名林檎が叫ぶ耳元

アスファルトは川底となり歓楽街ゆく人たちの少年の足

雨降って雨はネオンに煌めいて見てよ僕たちひかりまみれだ

街路樹の一本なれど渋谷ならニュースとなりぬ倒れたそうな

耐えたのか流されたのかわからない台風一過のアオスジアゲハ

彼岸へ

舌筋の走行について考察す焼肉屋にてタン焼きながら

糞尿も牛の身体も湯気たてる朝の直腸検査あたたか

正確な危なっかしさで立つ馬のジェンガのような骨格標本

寄生虫学の教授が爽やかに笑う晩夏の怪談のごと

産むことを正常として臨床繁殖《りんぱん》学の教科書重くて硬きを開く

外の牛うるさく鳴けば先生の声もうるさし戦になるぞ

治す牛は北に、解剖する牛は南に繋がれている中庭

採算と命の値段のくらき溝　鶏の治療はついぞ習わず

蠟燭のように蕾みて彼岸花おまえは意味を持たされすぎた

ある犬に安楽殺の朝が来て主人は棺を抱えていたり

地下牢《ダンジョン》は暗くて深い大き馬の腹へ入り行き肝臓を採る

ラーメンの味は何派か話しつつ解剖進む塩と答える

笹舟を浮かべて彼岸へ押しやれど止まる　軽口ばかりの僕ら

レントゲン画像隅々まで見ようと習う砂鉄を集めるように

知っていることの少なさカーソルでちくちくつつく右の腎臓

人間は殊更しゃべる物言わぬ猫に代わって物を言うとき

ヒトという毛のなき獣の腕を見る猫より採血むきだと思う

気を付けて刑法上は器物でもそいつ吠えたり愛したりする

真剣に母が訊ねて吾も答う解剖の後の肉の行方を

鳥を診る医者になりたし我を背に乗せくれるほどの巨鳥の医者に

採血の途中で尻尾を振り回しラットが生んだ赤い星々

知らぬ語を調べて「斬首」と知りしとき英論文に散りゆく命

裁断機みたいな形と比喩すれば断頭台に白紙の心

歯の向きのおかしなラットよ個性とは個体差ですか輝きますか

午前中五匹殺した指でさすドリンクメニューのコーヒーのM

空を見る白蛇のごとしカフェ店員能勢さん作のソフトクリーム

木星が月に近づく夜らしいあくまで地球人目線だが

解剖学ゼミの振る舞う参鶏湯《サムゲタン》　肉の出処を訊かずに食べる

外科剪刀《げかせんとう》を思いラットをまた思う牛乳パックを切り開くとき

左折して大学へ行くこの道をまっすぐ遣りたき初秋のからだ

安井金比羅宮《やすいこんぴらぐう》

ここはかつてアオダイショウのいた茂み我のみの知る伝説として

露草の翁《おきな》と呼ばれそうな庭もしこの家で我老いたらば

酒蒸しにすれば観念したように開くアサリの生ありしこと

あなたから「海の有毒生物」の絵葉書届いて死ぬかと思う

その毒を使わず終える一世《ひとよ》あれセグロウミヘビにヒョウモンダコに

目の前に背の高い人ずっといて四条通りの景色に刻む

蛇の子に咬まれた親指見せながら夜道　縁切り神社を目指す

形代《かたしろ》に書けば悪縁だってほら安井金比羅宮の明るさ

渾身の悪口編むから待っていてあなたを捨てた男へ向けて

直属の上司の左遷を祈りいるＯＬ三人連名の絵馬

高いワイン飲みたるのちのやや安いワインが旨いやや生きやすい

あんバタートーストの餡余りおり巻き戻せない人生つづく

蛇《くちなわ》は朽ちたる縄と知る九月朽ちちまったか今夏見ざりき

Ⅱ

ユーモアの夕もや

「ここは海」そしてたちまち海となるもも組さんの部屋の全域

OSの更新未了の三歳が「さんしゃい」と言う二本の指で

おおかみ、と指をさされて遠吠えをするとき排除するものが自我

「ねえおれのみみくそはみーとぼーるだし、はなくそはばらのかおりなんだぜ」

クワガタの大きさ語りつつ君はひと夏ぶんの表情をせり

保育士の「おやすみなさい」に潜みたる命令形の影濃かりけり

荒れる五歳エイちゃんのなかに火のありて手洗いうがいをしてくれません

肌の中にしか自分はないけれどその決壊のような泣き声

「食べるぞ」と叱る先生いて九月、幼稚園には嘘が必要

ユーモアの夕もや「うんこ！」と叫ぶ子が地球に描く巨大なうんこ

小さき手をたたき喜ぶ子のために世のダンゴムシ皆まるくなれ

グーチョキパーでなにをつくろう四歳の手が秋空へ飛ばすちょうちょう

「トンネルをくぐらせるんよ」真結びを教えて君が覗くトンネル

五時〇一分これはサービス残業のたかいたかいでさよならをする

かんちゃんはみなちゃんが好き仏壇の前でひそひそ教えておりぬ

えうれかって程じゃないけどあふれだすお湯に証明されゆく体

ああ伸びをしたい背中だ　さも今日が昨日の続きであるかのようだ

うずまき

ユーラシア大陸を踏む　我よりも飛行機の黒い車輪が先に

着陸でひと盛り上がりできる国ベトナムの人をしずかに眺む

帰路につくベトナム人に揉まれいてやや混じり気のようなわたくし

飛行機の出口、入国ゲート、ロビー　はじめの一歩のはじめはどこだ

はじめての会話交わせる学生はクーンとコーンの間の名を持つ

発音の微妙な違いフルーツはフルースらしい　おいしいらしい

半裸なる男ふたりの尻ふたつ乗せて原付意気込みの声

国ごとの愛の形よ三人乗りバイクにて子は父母にはさまれ

二輪車の群れを制する仙人のごとし車道を渡る学生

学生に連れられて行く昼飯はブンチャかブンボかわからぬままに

「これは何」「バナナの茎と豚の血よ」慣れない英会話、不安です

日本人にはサンキューで現地人にはセンキューで揺れるブランコ

下三桁ほぼ0のまま動かないこの国の金は含みを持ちて

おばちゃんの微笑と商売根性を剝ぎ分けがたし夜店巡れば

道端の揚げ菓子売りに騙された思い出を買う二〇〇〇円にて

晴《ハレ》と褻《ケ》のうずまくうずまきキャンディを売って暮らせる偽ドラえもん

ちょっとだけ漢字が読めるチーの眉上下させおり「親子丼」の字

「飯食ってすぐ働くの？」日本を探られている昼寝の時間

日本人学生間でサンキューがセンキューとなり傾ぐシーソー

二万ドン＝約百円のココナッツジュースほのかに甘い夕空

誰が好き？　英語に詰まったチャウがふとベトナム語になる瞬間が好き

定番は青ペンらしいベトナムに過ごせば青くなりゆく手帖

さよならの夜を埋め合わせるように少しシャワーの温度を上げる

幸運の五〇〇ドン札と五円玉　二円五十銭負ける交換

ベトナムの海を見ざりき十九の夏を助走し飛行機が発つ

「旅先で買った」と言えばもう過去の助動詞た、た、たと駆けるサンダル

光はりはり

ひさかたの光はりはり初夏のあいつが歌っていたヘイ・ジュード

これは糞、ヤモリの、しかもまだ子ども、みたいな推理増える七月

最初から時間の問題だったのだまた公園の桜伐られつ

星と星結んで星座にするように半額シールを目で追っている

買えんけど話題にできるチョコレートなんとかみたいな名のミニトマト

マシュマロを焼いたら燃えたそれだけが光源だった夜ありしこと

もう一度してよあなたの母さんが崖から落ちて生きてた話

ポツリまたポツリと中和滴定《てきてい》をするようだった愚痴をこぼせば

頑張って暮らすだなんて無理でしょう入道雲はみんな完璧

不　在

ガンという音の響きの打ちつけて始まる祖母の耐久試験

子に体食わせて果てるコマチグモ　そうありたいと言う祖母の目は

どれもこれも土産話になるからに教習所にてエンストきめる

にんにくが癌に効くとう論文の再現性をあなたで試す

ミミナグサとオランダミミナグサの差異まえ訊いたけどもう一度訊く

老い先がないからちょうどいいと言い祖母が乗りくる我が試運転

燃費計気にして加速できずおりあなたを乗せて走る国道

片付けはすこしさみしい去る夏の巨人のようなよしず抱えて

人間に限らずあなたを見舞うからハエトリグモの図鑑をどうぞ

秋が来たもう食うことに飽きが来た胸《きょう》鎖《さ》乳《にゅう》突《とつ》筋《きん》くっきりと

草太の風邪をうつしてもらってそれでもう死にたいと言う寝顔が憎い

優しさの嘘閉じ込めてにんにくが食われずたまっていた冷蔵庫

枯草に枯草色のカマキリの黙してしかし生きている冬

この額《ぬか》に棲む鳥の名も花の名もみなともに逝く春近きこと

＊

三月二十日　危篤

飛び込めば古池のような閑さに祖母の息のみ響く病室

京都行ってな、ドバトがみんな肥えててな、という話せり今際《いまわ》の耳へ

逝く人の手を握る両の手で握る錨《いかり》をひとつここに沈める

しんしんと新燃岳の灰が降るタチツボスミレの咲きそうな日に

そこにもう火のにおいなく病室に鞴《ふいご》がひとつ動きを止める

*

殺生と命の定義ぼんやりと出立てにフキの煮物食《は》みつつ

裏庭にノジスミレ咲く裏庭の光は集いやすしや花へ

副住職経を唱える父親を失う日まで副の住職

本当は書物を入れてはならない

祖父の手は痩せたヤモリの自棄《やけ》に似てスミレ図鑑を棺へ入れる

限りなく0に近くてまだ0と見なせぬうちに終わる収骨

青い空まるでどこかの泣き虫の風船がまだ飛んでいそうな

水切りののちにその名を説きながら弔花を生けるひと不在なり

ニガウリの花

背が伸びる夕焼け小焼けたい焼きを匹で数える国に生まれて

完了に近似していく引っ越しの運ぶか悩む三角定規

無くなった気がする、 気がするけれどまだそうと決まったわけじゃないペン

さあ髪をたっぷり切ってくださいなこの地の人になる手はじめに

ぶなしめじほぐす六時の夕闇に巣立ちしのちの実家思いつ

ぬばたまの夜を迎えた半球に冷蔵庫から漏れ出るひかり

天気予報外れて朝から雨が降るよし確固たる二度寝をしよう

苦くないことが売りとうニガウリの苗、ノンアルコールビール、休講

後朝《きぬぎぬ》の歌の相談してきたる友の朝にも降っていた雨

この家で発せばぜんぶ内言《ないげん》の例えば「あっこれカビきてるじゃん」

八月の隈なく夏の六畳の冷たいところを探す冒険

波ひとつ波もうひとつ指先でたどる畳の、藺草《いぐさ》の一世《ひとよ》

ちょちょんがちょんチャスジハエトリ盆踊り寝たかわからぬような昼寝だ

潰れても病んでも歩けありんこよここは「死ぬ」すら動詞の世界

メーカーに問い合わせたし部屋干し用洗剤を買うときのさみしさ

新聞でくるんだ葱は青々と田辺聖子の死など知らない

夕焼けのミートソースを煮つめおり恋ってどのくらいの濃さですか

ニガウリに甘き香りの花咲くを知りたり内緒話のように

右腕に塗る軟膏を右の手に取りてなんだか見る窓の夜

玄関のアゲハのさなぎの朝朝に少し未来のこと考える

昨晩の残り物たる僕たちを温めなおしてください、朝日

デコポン

宇宙旅行五日目クッキー食うときのやっぱり下に添えてしまう手

ベッド下のスペーススペースここだって宇宙の一部を収納にする

いつの日か必ず役に立たないと思えば愛し昆虫図鑑

親指でデコポンむりっと割るような力加減のはじめましてを

マグネット式のオセロを持って来た地球出身者の多きこと

めざすのはあそこと指で示される二六〇日後の火星

各部屋に窓あり窓に跡がある宇宙を見たい皆のおでこの

これなにと聞きくるジョーに教えいるデコポン及びデコが指す部位

地球っていいな引力のせいにして「鍵落とした」って言えるところが

星を出てもまだしがらむの　ロケットに世界標準時の夜が来る

Life on Mars?　これからやや長い映画がはじまるように消灯

地球外人類セックス史に残る隣の部屋と壁の薄さだ

解釈が朝日も西日も生み出した　宇宙に光るだけの太陽

ほら地球みたいだろって日にかざすビー玉ぜんぜん青くないのに

乗員の間でDEKOPON流行りだす勢いのいい何かの隠語

まっすぐに投げたい形にできているボールペンに二時間奪われる

第七次宇宙戦争なのだそう船長とフランチェスコの喧嘩

刃物類持ち込み禁止の船内でこんなに尖ってたんだ言葉は

落ちたのがリンゴでよかったハトの糞などにも万有引力はあり

予知された悲劇のように明日からインターネットが使えなくなる

「人生で最後にググるとしたら何？」「そうねピカソのフルネームとか？」

水のない湖、砂のない砂漠　僕らぼっちの宇宙をすすめ

長いこと、そしておそらく永久に投稿完了しないセルフィー

本当に削除しますか本当に削除する意味わかってますか

変な音すべて気になる夜の底忘れたいならイヤホンをして

嗅ぐときは死ぬとき宇宙空間はギ酸エチルの香りで満ちて

死が暗く怖い僕らの質量は超新星になるには足りず

朝顔の花咲くように一斉に午前六時の眩《くら》み、眩みよ

記録表に空欄多し一昨日の体温何度にしようか悩む

壊れたら御陀仏らしい機械室の小さな部品を替えるおじちゃん

ふるさとをすてるふるさとにすてられる　移動に意味を持たせたら旅

現実かなんだかわからなくなるね遠くのチューバみたいな低音

また今度聞かせてよって水色のしおりを挟むように言われて

自殺だと人々は言う天寿でもそれを火星で迎えるならば

ある星の遠い真夏を閉じ込めたコガネムシ科のページをめくる

「乗員に告ぐDEKOPONの皮捨ててトイレをつまらせたやつ出てこい」

ああタコス食べたいなって言いながら食うなよカップケーキ食うなよ

骨密度低下勧告　體から軀、体にさみしくなりぬ

探してた鍵ってこれかと差し出され違ったけれど光ってました

それぞれの星の何かで比喩し合う地球人と火星人が出会えば

*

そしてまた地球暮らしの真夏日の昆虫標本みたいな午睡

菜の花

ボサボサの猫を一回見たからに名のつく「ボサボサの猫の道」

菜の花を僕ら見に行く三月の長袖か半袖か悩む日

四人目を拾って重み増す車　人生ゲームのように進める

さっき猫見たよ程度の質感で消費されゆくコロナの話題

オランダの父母を心配するマチュー　スロヴェニアはダメだわと言うネジャ

ネジャの右腕のタトゥーに祈られて母国の家族の健やかならん

辛麺を食べたことなき友のその最初の一口まじまじと見る

「辛」という字を知らざりし日の悲劇語るマチューの辛麺、一辛

春雨のように静かに諦める友と刺青禁止の温泉

にぽんやばいたくさん死んだと言われおり西都原古墳群のでこぼこ

この国のすがたのひとつに一面の菜の花加わるスケッチブック

未だ見ぬ東京ドームで計られてとにかく古墳群広いらし

はらはらと花よりはやく落ちてくる水をあめって言うのここでは

やっやっと頷いている「マチューその『やっ』はYESの意味のやっ?」「やっ」

またたくさん死ぬかもしれずその先に広がるのだろう花の地平は

Ⅲ

倒　木

コズは宮崎弁でフクロウのこと

コズ鳴けば人死ぬという言い伝え肯《うべな》いも否《いな》みもせずコズは

太き太き倒木朽ちてゆくさまに祖父の昼寝を重ねてしまう

倒木にきのこは生える倒木に若木も生える　そして目覚める

筍を蹴って折りとる祖父然り暴力的にあたたかな春

あかねさす日なたが怖いヒクイナの藪から藪へ駆け抜ける脚

まず一羽そしてそののちいっせいに舞い上がる軽鴨《かるがも》よ軽鴨よ軽鴨よ！

三くぼの餅を搗《つ》くらし　くぼという国の単位を用いて祖父は

祖父ははげ

使い切る前にばあちゃん死んじゃって未来永劫なるへアリンス

湯船からあふれるお湯の行く末に在る海おもう肩までおもう

満月をわけあうようにわたしたちそれは大きな文旦食べる

馬追

朝焼ける都井の岬の肌の上馬も小さし人も小さし

好きなのを選んで良いと言われれば竹の棒にも生じる個性

篠竹を振り回ししつつ馬追《うまおい》の身体に馬をおそれる心

駆け上る踏み締める我の足裏に動脈血満ち満ちたり　原野

Fight or Flight《闘争か逃走か》戦《そよ》ぐ草原で声を出すなら腹の底から

日本語で「そっち行くな」と叫びおり我ら一人も馬語あやつらず

草原を抜け藪を抜け新しき糞塊辿って知る馬の道

黒き若き馬一頭を深追いて四足歩行に軍配上がる

そのむかし牛を運んだ馬車思うドナドナドナドナ軽トラの荷台で

にんげんのたたかいにりようできるからおおむかしからうまはたいせつ

丸太ん棒担いで運ぶこんなことくらいか二足歩行のよさは

文化財現状変更許可申請済ませて御崎馬《みさきうま》の採血

バカ馬と言う人のいて馬鹿馬か、間の鹿はさぞ怖かろう

繰り返し美味しさ強調されていてそろそろ食べたくなる駆虫薬

母子して歩き行くとき馬の子は秋風となり母へまとわる

手なづけて最初に馬に跨《また》がりし人の目は戦線を向いたか

たこたこ

布団から今朝も出なけりゃならんのか一晩かけて温めたのに

精神的フィブリン析出させながら毛布に癒着している身体

ストーブが部屋に小さくもたらせる春の脱皮のごとく着替える

わたくしは権威が欲しい悪筆も味だと言ってもらえるほどの

書き損じるたびごと胸に降り積もる紅葉《もみじ》のような年賀状たち

マッチ棒つたって炎はせりあがり指を私を世界を焦がす

いっぱいの落ち葉集めて火にくべて煙のようにあなたを思う

セーターの毛玉集める吾の指に冬の惑星ふくらむごとし

正月を待たずこれからやっこだこ揚げる禁忌をあなたと犯す

道順を話すあなたの手のひらの魚泳いでまた右折する

「何それ」と言ってほしくて歌い出すちゅうちゅうたこかいなの数え歌

太平洋側の冬陽にさらさらと砂の渇きは姿をもたず

風と風邪きっと語源は同じだろう海風邪ひいてやりたき渚

砂浜を我が脚走れ風は吹けあなたの海にたこ、たこ、あがれ

手離せば始まる旅もあるだろう凧糸ピンと空まで伸びる

やっこだこに似ている知人の失恋の話が思っていたよりすごい

コセンダングサの種ども容赦なし繁殖力がちくちく刺さる

日没のようにあるいは詩のように凧は激しく回って落ちた

全員が器用じゃなくてよかったなボタン電池の名のややこしさ

宇宙から見たら規則のありそうな天丼の海老、ケーキのいちご

ちゅうちゅうたこかいなを十回唱えずに風呂から上がる家もあるのか

旧姓で書き損じたる一葉の宛先不明の思い出話

幾枚も上着重ねてわたくしは胎内記憶に憧れていた

誰を待つ蛍だろうか駅前にハザードランプを点滅させて

送るとは手を離すことニューロンの発火のような投函をせり

真夜中の売地ではしゃぐ真夜中の売地はただの野原に見える

地表へとさみしさ沈澱するような霜降る夜は真水の匂い

誰の夢見ているだろうぬばたまの夜が広がるポストの中で

ちゅうちゅうたこかいな腕《かいな》に抱かれて数えた湯船がまた遠くなる

生き急ぐことはないからシュトーレンまだ残しつつ年越しである

獣医師国家試験

霜柱踏んで尿石みてえだな獣医師国家試験は近い

マイコから始まる菌の多ければ語呂はあやしや花街のごとく

犬、雑種、雄、五歳齢の骨折の痛そうだけどサービス問題

選択肢「予後は悪い」に丸をする答案用紙に牛がまた死ぬ

毒草の問題が出てほしいなあアセビ、ユズリハ、キツネノボタン

また思い出せない名前の寄生虫名のなきままに心に巣くう

久々に見た鼻である坂道をのぼるおまえがマスクずらして

「はやく終わんねえかな」と言う同輩の「は」の息白く霜夜に残る

目頭に涙湖と呼ばれる部位ありて君にも君にもひろがる水面

ロゼットは春待つかたち床じゅうに教科書ひらくその野に眠る

右のおなかが痛いねえ

我の死を押しつけるごと丸をする臓器提供意思表示欄

わたくしの肝臓なんて欲しいのか焼酎お湯割するするするするする

ら抜きにて命懸けれるなどという人に割られてゆく落花生

ならいっそやくざな人の心臓になってうなぎをつついてみたし

酒飲むと右のおなかが痛いねえ痛いねえって笑いあってた

膵炎のページめくれば恋心みたいに赤く染まる膵臓

三つ折りにTシャツ畳む元気なし半分、半分、我も半分

一本の樹に喩《たと》えればフクロウの棲める洞穴あたりが痛い

貝殻を匙にアサリの汁掬う弥生時代の親父もきっと

解け落ちるつららのような不意をつき父母に告げたり我の断酒を

医者に行けと母が言うなり酒飲んでいいと言われるかもしれんぞと

身離れのよさ褒められているカレイどんな気持ちで煮汁に沈む

贈られるように烏の青黒き羽落ちている朝の玄関

唐突に誘いし遠出に現れるスーツ姿をずるいと思う

温泉に裸体、　裸体よ心臓を同じ時代に沈めて我ら

露天湯に光の差せば湯面に輝く垢だらけだなこのお湯

住民票移し終えたる君の目に我は故郷の古墳のひとつ

膵臓の痛みの話に花の咲き無駄な部分のなきこの体

でも病院行けよと言われまあいつかきっとそのうちまた会おうよね

エコーゼリー塗ったくられて我が腹に来世うなぎの予感まとわる

口について

美しき犬歯と思うその刹那我の手に穴穿《うが》ちてもなお

一年目は怪我多いらし真っ直ぐにのびない先輩獣医の中指

なにひとつ嚙み殺したことなき歯なりエビマヨおにぎりもそもそ食べる

「ふと思い立って」の欄が欲しかった問診票の来院理由

歯科室に「開ける」の対義語としてある「嚙む」と「閉じる」の三角関係

ラッセンのイルカも飼育できそうなうがい薬のコバルトブルー

ああこれだ歯磨きできてないところ染める色素の味、好きだった

痛かったら上げてください左手にたまに仕事をあげてください

歯石処置されつつ耳は冴え冴えと口腔内に遠雷を聞く

繁殖の手前についてて清潔に美化してラジオからラブソング

この星の映画の多くは口と口くっつけている場面で終わる

口に指入れられ子音を奪われて返事全てが愛、愛になる

間欠泉当てたるごとし血まじりの唾に泣く子の診察室は

唇の全周が許す範囲内で叫んだり笑ったりできるから

翅《はね》を得て口器失うカゲロウの脱皮ののちのあと数時間

口答えするなってなら死人さね血を吐く日まで鳴けホトトギス

目じゃなくて口から感じたい光トマトの鉢を日向の方へ

差し色の季節

林住期なのかもしれず叔父の家に観葉植物また増えている

納得のいかぬ姿で目玉焼き焼けゆく　命に別状はない

ふるさとの話あなたに訊かれいて甘い蜜柑を選るごと話す

祖父は今年も洋子さんちの軒先をみて干し柿をつくりはじめる

箱罠で小春日和をつかまえるように開けます窓という窓

そりそりと剝かれて長き柿の皮一年まあそりゃ色々あった

透きとおる声で出されたなぞなぞを覚えてないけど答えはクジラ

差し色の多い季節と思うこの秋冬の間《あい》に柿吊るしゆく

お前のためなら酒税がなんだ
受信料十二ヶ月分納めたり十二ヶ月を生きる予定で

ほっとけば膨らんでくる過去たちをぐぐっと縛り上げる古紙の日

音羽山清水寺の住職が筆を揮《ふる》えば大いなる「税」

ありったけのヱビスとモルツのプレミアム冷やして待ちぬふられし君を

よく見ると傷だらけです風邪ひいて休んだ月の給与明細

街灯の下過ぎるとき追いついて追い越して行くわたくしの影

「源泉」はかつて豊かな言葉たりきこんなに引かれるのか保険料

私は父の扶養を抜け出して枯野にやわく土踏んでいる

奥さんに経理をさせよと言われおり未だ見ぬ妻の仕事が決まる

わたしには難しすぎるまぐわいてその後死にゆく鮭の性欲

ＡＩがＡＩをプログラミングしたらそいつは繁殖なのか

昔よく渡った橋だ思い出に水はときどき金色である

年末の工事ここでも始まって何かをつくる音は良いもの

私の休みも誰かの労働日アサリを二〇〇グラムください

おいしさの罪噛みており噛みておりかつて光っていたホタルイカ

見ればもうビールの泡が消えている慰めるってどうしたらいい

無口なる友と飲む夜の七杯目お前のためなら酒税がなんだ

わたし死んだらあんたの家に湧く蠅に生れ変って林檎を探す

白菜ひとつ凡そ二キロ父母に我宿りたる齢を過ぎて

敷設せる人の労働思うときイルミネーションの悪口言えず

飯を食い食った分だけ働いて納税に納税を重ねて

いつの日かみんな死ぬけどトースターちょっと叩くと動く　おはよう

跋

伊藤一彦

日向市で開催されている「牧水・短歌甲子園」も今年で十四回目を迎えた。第一回大会から高校生チームのすべての熱闘を観てきた私には、忘れがたい作品がいくつもある。第六回大会のときの作品とディベートは特に印象深く記憶している。

ふる雨に満たされるまで気づかない運動場のへこんだところ
　　宮崎商業高校　狩峰　隆希

降水の確率二割で傘を持つ我が恋敵《こいがたき》は持たないはずだ
　　福岡・八女高　小嶋　紳介

声聞きたい見たい会いたい平安の世なら「ゆかし」の三文字で済む

蹴り飛ばす　私が欲しい言葉はね、そんなちんぷな愛じゃないの
宮崎西高校　石井　大成

虐待の記事を読むたび「蹴」の字の隅のひしゃげた犬と目が合う
鹿児島・純心女子高校　中園　理子

宮崎西高校　久永　草太

一首目は題詠「運」、二首目は題詠「恋」の作で、三首目は自由題ながら恋の歌と言っていい。どの歌も新鮮で面白い。四首目、五首目の題は「蹴」。出題者の私はどんな歌が寄せられるか楽しみだったが、対照的な二首だった。四首目は活力にあふれストレート。それに対し五首目は「蹴」の文字に着目した知的でユニークな作。「蹴」の字の「尤」の部分は暴力を受けて「ひしゃげた犬」の姿だと。犬であれ、人間であれ、被虐待者の辛く悲しい目から逃れられない自分をテーマに歌って特に注目した作者だった。その久永草太さんが高校を卒業したあと、大学の獣医学科に進学したと私が知ったのはいつ頃だったろうか。宮崎大学短歌会での活躍が聞えて

きた。

本歌集『命の部首』のⅠ章は獣医学科在籍の時の歌を収めている。

白鼠おまえの白さを雪というおまえの知らぬもので喩える
ネズミにも僕にとっても初めての皮下注射ってこの辺でいい？
皮膚という袋縫う午後　漏れそうな命はきっと水みたいなもの
子となって命となったかもしれぬ摘出卵巣内のつぶつぶ

「白鼠」の連作から引いた。場面の表現は具体的で簡潔、それでいて「命」に対する久永さんの誠実さと愛情深さが深く伝わってくる。彼が高校生のときに「蹴」の題詠で犬を登場させたことを改めて思う。日頃から命を視つめ愛してきた作者でなければ作れない歌だったのであり、その姿勢は一貫している。

本歌集のタイトルは次の一首によっている。

そりゃそうさ口が命の部首だから食べてゆく他ないんだ今日も

「蹴」の漢字にこだわった久永さんがこの歌では「命」の部首に彼らしい考えを示している。人間を含めて動物は自分の「命」を保つためには他の「命」を「食べてゆく他ないんだ今日も」。初句の「そりゃそうさ」の口吻が若々しく、一首を説得力あるものにしている。

このⅠ章に第三十四回「歌壇賞」受賞作の「彼岸へ」がある。選考委員から高く評価された一連で、彼はやはり「命」をテーマにしたのである。これらの作品については、栞文で俵万智さん、吉川宏志さん、石井大成さんが触れられるだろう。

Ⅲ章は最近作である。

おいしさの罪嚙みており嚙みておりかつて光っていたホタルイカ

「命」のテーマをしっかりと歌い続けている。そして、本集のもう一つの特色は温かなユーモアである。

ちゅうちゅうたこかいなを十回唱えずに風呂から上がる家もあるのか

「ふと思い立って」の欄が欲しかった問診票の来院理由

奥さんに経理をさせよと言われおり未だ見ぬ妻の仕事が決まる

久永さんは大学を卒業して宮崎県内の動物病院で働いているが、学生時代からのユーモアは健在だ。彼の人間性から生み出されるユーモアだ。なお、久永さんはエッセイの妙手で、現代短歌・南の会の会誌「梁」の彼の連載を楽しみにしている人が多いことを付け加えておこう。

あとがき

「学生のうちに色んな種類のアルバイトをしておきなさい」という父の言いつけを僕はあまり熱心に守ろうとせず、代わりに一ヶ所ずっと勤めていたのが、幼稚園の手伝いでした。「子どもたちと十時から十七時まで遊べる人」という募集で、時給九〇〇円、交通費昼食代付き。端的に言うと舐めてかかっていたこの職場で、僕は毎週のように過酷な鬼ごっこの洗礼を受け、二十代と園児たちの体力がほぼ互角であることを、筋肉痛のふくらはぎに思い知ることになるのでした。

Kちゃんという、それはそれはやんちゃの限りを尽くす子がいて、その日はずっと園庭のすべり台の下に潜って、土を掘り返していました。

「Kちゃん、もう昼ご飯の時間よ」

「ん」

Kちゃんは掘る手を止めません。

「早よ上がらんと、Kちゃんの弁当おれが食うよ」

「ん」

Kちゃんは掘る手を止めません。

「いいから上がるよ。掘ったとこ、元に戻して」

「だから、いま、もどしてる」そう言うKちゃんの手は明らかにまだ掘り進めており、盛土の下の黄色い粘土層が露わになりつつありました。もう僕とKちゃんだけになった園庭に、夏の生ぬるい風が通います。てんで意味が分からないので、次の言葉を待って黙っていると、Kちゃんは穴の奥を覗いたまま、

「いちおくねんまえとかのむかしは、このつちは、なかった」

と言います。一億年、その発想はなかった。ついうっかり「たしかに」と返してしまいました。大人の威厳なんてあったもんじゃありません。そのあともKちゃんは掘るのを止めなかったので、やむなく小脇に抱きかかえて強制連行しました。

そういう風に連行するとき、Kちゃんはたまに噛みついてきました。いつかの宴

席で園長先生に「今日も噛まれました。労災ですかね?」とふざけて訊いてみると、園長は含み笑いのまま焼酎を鱈腹飲ませてくれました。いい職場でした。

大学の獣医学科六年間を修了し、田舎の動物病院に勤め始めて一年が経ちました。この歌集には、在学中から卒業後の今日までの四〇〇首を並べました。さてここもよく噛まれる職場です。犬や猫が診察台の上で殺気立っているとき、犬は犬語、猫は猫語で何やら不平不満らしきことを伝えてくれている、と思われます。ただ、新米獣医師は彼らの言葉がわからないので、いや仮にわかったとしても注射は打たねばならないので、やむなく距離を詰めると、ガップリとやられてしまうのです。こうなると本当に労災なので笑い事では済みません。

動物は口を持ち、口で物を食べ、口から音を出し、それを受け止めてもらえないとき、無下に扱われた口は、報いるように噛みつく。口は命の部首です。生きていくには口を正しく使い、敬い、恐れなければなりません。Kちゃんも犬も猫も、その口はまずはじめに言葉をくれていたのに、不用意な僕に生えた二本の腕は、ずいぶん噛み傷だらけになってしまって、かわいそうなことです。嫌気がさして僕の腕を辞めるなどと言い出さなければ良いのですが。
腕に愛想を尽かされる前に、この歌集をまとめあげることができ、今とてもうれしく思います。一冊分の原稿という未知の作業を一から指南してくださった伊藤一彦さんには、跋文までお寄せいただき、感謝の言葉がいくらあっても足りません。栞文をご寄稿くださった俵万智さん、吉川宏志さん、石井大成さんにも、歌集をまとめる上でたくさんのご助言をいただきました。装幀は花山周子さん。今にも動きだしそうなヤモリの絵を生みだして下さいました。また、短い期間で歌集を仕上げることになり、本阿弥書店の奥田洋子さんにはずいぶんご負担をおかけしたことと思います。この場を借りてみなさまにお礼申し上げます。

二〇二四年七月

久永草太

著者略歴

久永草太（ひさなが・そうた）

1998年　宮崎市に生まれる。
2014年　宮崎西高校文芸部で短歌を作り始める。
2016年　第６回牧水・短歌甲子園準優勝。
2017年　宮崎大学農学部獣医学科に進学。宮崎大学短歌会、竹柏会「心の花」、牧水・短歌甲子園 OBOG 会「みなと」入会
2023年　連作「彼岸へ」で第34回歌壇賞、連作「右のおなかが痛いねえ」で第23回心の花賞を受賞。獣医師免許取得。

歌集　命《いのち》の部首《ぶしゅ》

令和六年九月二十四日　初版発行
令和七年八月二十七日　第三刷

著　者　久永《ひさなが》　草太《そうた》
発行者　奥田　洋子
発行所　本阿弥《ほんあみ》書店
〒一〇一−〇〇六四
東京都千代田区神田猿楽町二−一−八　三恵ビル
電　話　〇三（三二九四）七〇六八（代）
振　替　〇〇一〇〇−五−一六四四三〇
印刷製本　日本ハイコム株式会社
定　価　二四二〇円（本体二二〇〇円）⑩

ISBN978-4-7768-1694-2　C0092（3410）　Printed in Japan

久永草太　歌集

命の部首

＊栞

本阿弥書店

「命の値段」とユーモア

吉川宏志

二〇二三年の第三十四回歌壇賞の選考で、私は「彼岸へ」三十首に出遇った。獣医学を専攻しているらしい学生の日常が明快な文体で歌われ、農場の情景がいきいきと目に浮かんでくる。読者を惹きこむ力がとても強い。選考委員全員が高く評価し、受賞が決定したのだった。

その後、作者名が明かされ、宮崎大学農学部の現役学生であることを知った。私も宮崎県出身なので、さらに親しみが増した。二月の授賞式で、久永草太さんに初めてお会いしたが、一週間後くらいに獣医師の国家試験が控えていたようで、喜びと不安の入り混じった表情で酒を飲んでいたことをよく憶えている。無事合格したと聞いてほっとした。

「彼岸へ」では次のような歌に注目した。

産むことを正常として臨床繁殖学《りんぱん》の教科書重くて硬きを開く

治す牛は北に、解剖する牛は南に繋がれている中庭

採算と命の値段のくらき溝　鶏の治療はついぞ習わず

人間であれば産む・産まないは個人の自由だが、畜産業では必ず産ませなければならない。同じ牛でも、人間の都合によって「治す牛」と「解剖する牛」は選別される。そして鶏の場合は、治療のコストが売値に見合わないので、病気になればすぐに殺されてしまう。

動物のことを歌っているようだが、人間の場合も、形を変えて、似たようなことをしているのではないか。少子化対策のため産むことを「正常」にしようとする人たちは少なくないし、貧困のために十分な治療を受けられない人々は今も多く存在する。鋭い批評性が含まれている歌なのである。

なぜ人間には許されないことが、動物には可能なのか。人間と動物の命に差はあるのだろうか。そう考えてゆくと、私たちが当然のように持っている〈良識〉がしだい

に揺らぎはじめる。

　木星が月に近づく夜らしいあくまで地球人目線だが

という一首が、「彼岸へ」の中にさりげなく混じっていることに注意したい。私たちの常識や善悪判断は、あくまでも地球に住む人間の基準でしかないことを、久永はよく認識しているのである。

この歌集には、火星旅行をテーマにした「デコポン」という連作が含まれている。もちろんフィクションであり、短歌では珍しい試みなのだが、その中にこんな一首があった。

　地球っていいな引力のせいにして「鍵落とした」って言えるところが

確かに、「落とす」という動詞で喪失を表現するのは、重力のない宇宙空間では成立しない。私たちが無意識に陥っている人間中心主義に、久永は非常に敏感である。「人間の価値観で物事は決まっているにすぎない」という思想は、しばしばニヒリズムに到達する。しかし久永の歌は、そうした虚無感からは遠い。それが『命の部首』の最も大切なところだと私は信じている。

注射針刺せば跳ぶウシ沈むウシみんなおしりに痛覚を持つ
ヒトという毛のなき獣の腕を見る猫より採血むきだと思う
老い先がないからちょうどいいと言い祖母が乗りくる我が試運転
草太の風邪をうつしてもらってそれでもう死にたいと言う寝顔が憎い

彼の歌には、生命と触れる現場から生まれてきた、温もりのあるユーモアがある。一首目の「跳ぶウシ沈むウシ」は、実際に体験しないと生まれてこない躍動的な表現であろう。それがニヒリズムを超える方向に働くのだ。三、四首目は、祖母の死を描いた一連から。どうせ死ぬからと危なっかしい運転に同乗し、孫の風邪をもらって死にたいと言う。ここにも、死を超えようとする笑いがある。

「笹舟を浮かべて彼岸へ押しやれど止まる　軽口ばかりの僕ら」という歌があるが、深刻な場面でも、つい軽口を言ってしまうところがこの歌集にはある。物がよく見え過ぎる人は、自らの鋭さを、やわらかなユーモアに包まずにはいられないのだ。

おもしろい、しかししたたかな毒を含んだ歌集である。多くの人に読まれ、さまざまな角度から批評されてゆくことを願っている。

格言のように教授はつぶやけり「無論ネコにも犬歯はあるぞ」
体温計挿したき尻を見せくれる狛犬二頭の間を過ぎる
採血の途中で尻尾を振り回しラットが生んだ赤い星々
「これは何」「バナナの茎と豚の血よ」慣れない英会話、不安です
目頭に涙湖と呼ばれる部位ありて君にも君にもひろがる水面

橋と原野

石井大成

裁断機みたいな形と比喩すれば断頭台に白紙の心

仮に、久永草太が歌人ではなかったとしよう。歌をつくらないなら、誰かに届ける必要がないのなら、断頭台は断頭台のままでよい。しかしそれを「裁断機」と比喩することで、世界とそこにいる他者は「白紙の心」という自己へ接続される。表現とは、世界と自己に他者が渡るための「橋」を架けることに他ならない。

他人の恋見つつ正午の食堂でオクラサラダをねばつかせおり
午後の「午」と「牛」の違いの瑣末さよ午後は千頭ワクチンを打つ
正月を待たずこれからやっこだこ揚げる禁忌をあなたと犯す

おおかみ、と指をさされて遠吠えをするとき排除するものが自我

久永草太には隙がない。世界に対し表現が極めて理性的に接続しており、歌の、言葉の存在理由が常にくっきりとしている。文体や韻律の我が儘もなく、まるで橋を架けることそのものに自身の個性を見出しているかのようだ。ゆえに『命の部首』は、橋の歌集だといってよい。バランス感覚にも優れていて、歌がメロウに揺れそうになると照れ隠しにおどけて見せたりする。頑強な橋は渡るものを選ばない。あえて親切とは言わないでおこう。彼は橋を作るのが確かに好きなのだ。

そりゃそうさ口が命の部首だから食べてゆく他ないんだ今日も

潰れても病んでも歩けありんこよここは「死ぬ」すら動詞の世界

ガンという音の響きの打ちつけて始まる祖母の耐久試験

笹舟を浮かべて彼岸へ押しやれど止まる　軽口ばかりの僕ら

しかしながら、隙がないことはときに窮屈だ。真剣な悩みも、自分だけのものにしたい特別な感情もあるだろう。しかし久永草太は内世界に閉じこもらず、読者へと橋を渡す。真面目なのだ。職人気質な彼は自分の不器用さを自覚してもいて、どんなときも「軽口」を言ってしまう自分を淡く恥じたりもする。

精神的フィブリン析出させながら毛布に癒着している身体
わたくしは権威が欲しい悪筆も味だと言ってもらえるほどの
呼び捨てにされてあなたをはたと見るここか私の分水嶺は

この本を読んで、にじみ出る作者の生活感やその立ち姿に若者らしからぬ雰囲気を感じるかもしれない。その評価は間違っていない。いないのだが、それでも久永草太はちゃんと、現代の若者である。膨大な量の情報と他者の目にさらされ、迷いながら生きている。達観に甘んじない向き合い方だ。頑強な橋の先にある自己は年相応に不安定で、揺らいでいて、そのアンバランスさこそがこの歌集を非凡にしている。

クワガタの大きさ語りつつ君はひと夏ぶんの表情をせり

白鼠おまえの白さを雪というおまえの知らぬもので喩える

パンダ似のホルスタインが自らの顔を見ずして終える一生

鳥を診る医者になりたし我を背に乗せくれるほどの巨鳥の医者に

彼は橋の先に自分の国を作りたいのか。だとすればその願望は、彼の成熟によっていずれ達成されるだろう。だがしかし久永草太が真に望むのは、架かった橋を外し世界とひとつになることではないだろうか。この歌集に見え隠れする無垢なものへの憧れ。自他の境界のない幼さへの、あるいは彼の愛する自然への回帰が、決して叶わないとわかりながら確かに存在する。

左折して大学へ行くこの道をまっすぐ遣りたき初秋のからだ

ああ伸びをしたい背中だ　さも今日が昨日の続きであるかのようだ

砂浜を我が脚走れ風は吹けあなたの海にたこ、たこ、あがれ

だからこそ僕は、彼が見せる無防備な抒情に魅力を感じてやまない。彼は進むしかないと知っている。この残滓のような軽やかさは、覚悟のなかにあって一層輝く。

蠟燭のように蓄みて彼岸花おまえは意味を持たされすぎた

僕が久永草太に出会ったのは中学一年の春のことだ。歌を作ったことがなかったあのころに、僕らはもう戻れない。だから彼は歌集を出し、僕はこの文章を書いている。他者にできるのは橋を渡ることだけだから、意味を持たされすぎた現代の若者の葛藤も自己矛盾も、本当の意味では届かないのかもしれない。ただ願わくば覚えていてほしい。彼が、そして誰しもが、心に野花咲く原野をもっていたことを。

鬼に金棒とユーモア

俵　万智

今年で14回目を迎える牧水・短歌甲子園。その審査を毎年務めるなかで、私は久永草太と出会った。高校生だった彼の作品は、すでに非常に完成度の高いものだった。

虐待の記事を読むたび「蹴」の字の隅のひしゃげた犬と目が合う

たとえば「蹴」という題詠で出してきたのがこれである。漢字の造形を活用した機智に加え、記事を読むことしかできない無力な自分の後ろめたさのようなものも、うまく盛り込んでいる。

後出しジャンケンで感想を付け加えると、後に獣医学科に進むことになる彼の、動物への人一倍の心寄せも読み取ることができるかもしれない。

スタートの時から、言葉を操るセンスは抜群だったが、本歌集では、さらに磨きがかかったと感じる。そして端正なつくりのものから大胆な口語づかいまで、一首の内容にふさわしい文体を自在に選べるのも彼の強みだろう。対照的な二首をあげてみる。

母牛の乳より生《あ》れてその美《は》しく白きを母乳と呼ぶひとのなく

夏だから暑くってさ、の「夏だから」ほどの理由で会いに来ました

一首目。人間の乳は母乳と呼び、牛のそれは牛乳と呼ぶ。だが、牛だって母になったからこそ乳を出せるのだ。そこに至るまでの尊さを知る者ならではの静かな怒り、悲しみ。それを古風な文語が、重みを持って伝えてくれる。

一転して二首目は、相手に負担をかけまいと、装った軽さが印象的だ。好きだから、とか、会いたくて、とか決して言わない。けれど「夏だから暑い」は、必然でもあるところがミソ。上の句の痛々しいほどの軽さと、結句の少し生真面目な軽さ。口語にもグラデーションをつけて表現しているところが技ありだ。

短歌は、言葉の技術に心の深さが加わったとき、勁さを持つ。心の深さは様々な経験のなかで培われるものだが、久永草太の場合は、獣医学科で学び、命と直面するという経験が大きかったようだ。本歌集を読んで、彼が命を扱う現場をくぐったとき、こういう歌が生まれるのかと目を瞠った。

手を絞り指揮者が音を消すようにラットの胸の太鼓を止める

演奏の終わりが指揮者に任されているように、ラットの命もまさに我が手の内にある。絞るという一瞬を捉えた動詞の選択、鼓動ではなく太鼓として比喩を響き合わせたところなど、細部まで表現が光る。タイミングは任されているが、必ず終わらせねばならないところも指揮者と同様で、すべてが終了した後の静けさまでが伝わってくる。

採算と命の値段のくらき溝　鶏の治療はついぞ習わず

獣の命を救うといっても、それは命を平等に扱うということではない。食肉という観点から言えば、高級な和牛の繁殖に関わる牛は救う対象となるが、鶏一羽を治療する技術は必要ではない。真実を言い当てた上の句を、下の句のリアルがしっかり支えている。

待つことのできる僕らがなせる業《わざ》　梅酒作ろう秋ごろ飲もう

一見、動物とは関係ないような歌だが「待つことのできる僕ら」は、そうではない動物と日ごろ接しているからこその発想ではないだろうか。時間という概念を持ち、未来を思い描けるのが人間だ。だから目の前の酒を飲んでしまわず梅酒となし、待って飲もうと約束できる。わざわざ「業」ともったいぶった表現をすることで人間の味を出し、下の句は逆に軽やかに詠んで喜びを嫌味なく伝える。「日常の中の時間の経過」を象徴する梅酒というチョイスが絶妙だ。

人間以外の視点をいやおうなく持つなかで、さらに彼の中には「地球の生物」という大きな視点が芽生えたようである。宇宙旅行を描いた連作「デコポン」は、その意欲作。

宇宙旅行五日目クッキー食うときのやっぱり下に添えてしまう手

解釈が朝日も西日も生み出した　宇宙に光るだけの太陽

ある星の遠い真夏を閉じ込めたコガネムシ科のページをめくる

五日ぐらいでは重力のことを忘れられず、習慣で添えてしまう手。常識や習慣というのは、理屈で早々に変えられるものではない。朝とか夜とか、西とか東とか、確かな枠組みと思われるものも、宇宙に出れば意味がない。三首目の「ある星」は地球だろうが、ありふれたもの（昆虫図鑑）も、見る場所とシチュエーションが変われば感概が全く違ってくる。どの歌も、極端な設定が、かえって普遍性に届く作りになっている。

言葉の技術と心の深さに加えて、このような奔放ともいうべき想像力。すでに鬼に金棒二本の装備だが、さらにユーモアというチャームポイントもある。そのユーモアは、批評性を含んでいるところが魅力だ。

わたくしは権威が欲しい悪筆も味だと言ってもらえるほどの
「ふと思い立って」の欄が欲しかった問診票の来院理由

権威の「裸の王様」的な部分を拡大し、欲しいという言い方でおちょくっている。「悪筆も味」ぐらいのお世辞ならすぐにでも手に入りそうで、この小物感が笑いを誘う。「ふと思い立って」と言われても病院としては何の手がかりにもならないので、当然そんな選択肢は用意されていない。でも、人間の行動って、常に理屈で割り切れるもんじゃないですよね、とウインクする久永草太に、私は一票。